談笑力

悩ましい人間関係によく効く小噺ジョーク集

松﨑 俊道 著

近代消防社 刊

はじめに

談笑（だんしょう）とは気安く話したり笑ったりすることだ。
たとえば人と会うときにも、
用件だけで済ませてしまうのはもったいない。
その人個人にも興味を持つようにすれば談笑の花が咲く。
たとえば数年前のこと。私はある初対面の人と話をしていた。
用件が終わった後ふと聞いてみたのだ。
「ところで、ご出身はどちらですか？」
すると彼は東京の墨田区だというので、
「へー、私は墨田区の○○高校を卒業したのですよ」
というと、相手が驚きの表情に一変した。そう同じ高校だったのだ。
卒業したのは彼が一年後輩、ということだった。
ますます話も弾み、心理的距離がグンと縮まったのは言うまでない。
その人とは今も親しく付き合っている。
立場を超えてさまざまな人と談笑することはとても楽しい。

談笑力とは緊張をときほぐす力のことでもある。

人間関係に過度に緊張していては談笑は始まらないからだ。

英語のアイスブレイキングとは文字通り氷を割ること。

ひいては冷たく硬い雰囲気を溶かす意味に使われる。

この小噺ジョーク集を人付き合いのアイスブレイキングに活用してほしい。

一瞬でも笑いが生まれたら何かが始まることだろう。

笑いのない人間関係は味気ないものだ。人は笑っているときにその人らしさがにじみでるものではないだろうか。実は人は笑いたがっている。

小噺ジョーク集がそのきっかけを与えてくれることだろう。

気軽な談笑を通して人との縁も広がる。運もツキもやってくる。

談笑力をつけて、読者の人間関係が悩ましいものから心躍る好ましいものへ転ずることを切に願いつつ。

2016年11月　　松﨑　俊道

（注）小噺（こばなし、小咄、小話ともいう）はもともと落語から由来した言葉。
本書では英語のジョークと同じ意味で扱っている。

第一幕　つれあい

①会社を休みます

今日会社を休みます、
と上司に電話した
「妻が足折っちゃったもんで」
「奥さんが骨折しても、
キミは働けるんだろう？」
「ええ
でもワイフが折ったのは
私の足なんです」

②ガールフレンド

親友に
自分にガールフレンドが
できたことを自慢しています
「彼女は俺のことを
イケメンでカッコよくて
男らしいってほめてくれたんだ」
「はじめから
ウソをつく女には気をつけた
方がいいぞ」

③あなたは何もわかっていない

クリントン夫妻が
車で故郷を訪れました

途中給油に立ち寄った
ガソリンスタンドの親父は
ヒラリーの昔の恋人であった

夫人は車から降りて
親父と抱き合い再会を喜んだ

帰りの車中での会話です

夫「君があの男と結婚していたら
今頃は油まみれだったね」

妻「あなたは何もわかっていないのね
私があの男と結婚していたら
大統領はあの人がなっていたのよ」

④新婚旅行

「ママ、新婚旅行ってなあに？」

「結婚したばかりの男の人と女の人が
一緒に旅行することよ」

「ふうん、ママもパパと行ったの？」

「行ったわよ、とても楽しかったわ」

「その時ボクも一緒だったの？」

「あなたはね、行きはパパと一緒
そしてね
帰りはママと一緒だったのよ」

⑤妖精

男が森に迷ってしまいました
しばらくすると妖精が
あらわれてささやきました

「願いを一つだけ
かなえてあげましょう」

彼は50歳で
同じ年の妻と暮らしています
男は思わず本音をもらしました

「妻が20歳若ければなあ!」

とたんに男は70歳になりました

⑥幻想文学

本屋さんで
客がたずねています

「男が女を支配する」という
本はどこにあるの?

ああ、それでしたら
こちらの
幻想コーナーにございます

⑦世界一周

結婚は
世界一周のクルーズに
似ている

なんで？

長い後悔の始まり

⑧余命

妻
「悪いニュースが2つあるのよ
お医者さんからあなたの余命は
3年だって言われちゃったのよ」

夫
「何だって？ そうか仕方がない
でも残された3年を
大事に生きるぞ！
ところでもう一つのニュースは？」

妻「うっかり言い忘れて
そろそろ3年目になるのよ」

⑨金がものを言う

妻「あなた、
お金がものを言うってほんとう?」

夫「そういう時代だね」

妻「じゃ少し置いてってってくれない
あたし寂しくって
お話し相手がほしいの」

⑩結婚を迫る

若い二人です
彼がしきりに
結婚を迫っています

彼「ねえー、早く結婚しようよ
きっとうまくいくよ
だって俺のオヤジは牧師なんだ」

彼女「あらそうなの?
だったら一度してみようかしら
あたしのパパは弁護士なの」

■⑪なぜ妹や弟がいないの？

息子
「なぜ僕には
妹や弟がいないの？」
ママ
「それはね
お前が夜遅くまで
起きているからだよ」

■⑫弱点

夫は妻の弱点を
非難してはならない
特に
判断力の弱さには
目をつぶるべきだ
彼女はその
弱点ゆえに
あなたと結婚したのだから

■⑬アダムとイブ

西洋では
人間の始まりは
アダムとイブです

イブが
アダムに言いました
「ねえ、
浮気しちゃイヤよ」

アダム
「ほかに
誰がいるってんだ！」

■⑭新郎

新郎
「結婚して初めて
人生の幸福というものが
わかったよ」

友人
「へー
そんなに素晴らしいかね」

新郎
「いや失ったものの
価値がわかるんだよ」

談笑力コラム① 気軽に気楽に

談笑力をつけるにはまず、相手への緊張感を解くことだ。

心も顔も硬いままでは打ち解けて話し合うどころではない。


ある夏のこと、私はカナダにいた。友人の運営する柔道場が35周年を迎えたので、そのお祝いに駆けつけたのだった。

シムレン君という17歳の若者が、パーティの手伝いをしていた。

彼は実に気軽に気楽に大人たちと接する。

素敵な笑顔もよく出る。臆せずに、周囲の大人にもちゃんと自分の意見も言うべき時には言う。

おなじ年の日本の若者には、なかなか見られない風景なのかも知れない。

「敬語が苦手で…」と私もよく日本の若い人から相談される。

敬語の存在が人間関係の気軽さ身軽さを妨げている一面もあるのだろう。


私は仕事やプライベートで年に2、3度海外に出ているが、

概して初対面の人に対する緊張感は、
日本人の場合ことさらに強いように思う。
それはたとえばエレベーターに乗り合わせたときなどに
よくわかる。まず一様に表情が硬い。
目も合わせないように伏せている人が多い。知らない人の中の
緊張感の中で、一刻も早く目的の階に到着して解放されたいと
願っているようでもある。

さて私たちの国にはこのような事情があるにせよ、
私は談笑力をつけるにはまず「気軽に気楽に」と言いたいのだ。
シムレン君は大人たちと一緒に酒場にもやってきた。
カナダでは19歳にならないと酒を飲めないが、
それでもジュース片手に大人に交じって堂々と談笑するのだ
その気軽さ身軽さは大いに見習いたいものである。

第二幕　酔いごこち

■⑮前払い

バーにて
客がマスターに話している
客「俺が酒を飲むのは
浮世の嫌なことを
何もかも忘れるためなんだ」
マスター「そういうことなら
前払いでお願いします」

■⑯倍の楽しみ

年中酔っている男がいました
医師
「そんな酔い方をしていると
寿命が半分に縮まるよ」
男は待ってましたとばかり
言い返しました

「ヒック、
酔っぱらってると
人生を倍は楽しめるから
損はないね」

⑰酔っぱらうって？

「お父さん、僕はお酒って
飲んだことがないんだけど
酔っぱらうってどんな感じ？」

「いいかおまえ、
ここにコップが二つあるだろう
これが四つに見えたら
酔っぱらってるってことだ」

「でもお父さん、
ここにあるのは
コップ一つだけなんだけど…」

⑱燗の夢

飲んべえが
夢を見ていた
酒の夢である

しかし
燗をしているうちに
目が覚めてしまった

起きてから飲んべいは
つくづく反省した

（冷で飲んでおけばよかった）

⑲電車の中の酔っ払い

電車の中で
若い女性に
絡んでいる酔っ払いがいた
「気の毒に
おまえかなりブスだなあ」
「なによ！
酔っぱらいなんかに
言われたくないわよ」
「俺はいいよ、俺は
明日になれば治るんだから」

⑳アル中

アル中の男が
医者に診てもらいにきました
男の手は絶えず
ブルブル震えています
医者
「こりゃひどい
あなたはたくさん飲むんでしょうな」
患者
「それほどでもありません
口に運ぶ前に
ほとんどこぼしてしまうもので…」

㉑夜中のセミナー

夜中、
酔っ払いがふらふらと
歩いている

警官が呼び止める
「もしもし
これからどちらまで？」

「お勤めご苦労さん
これから酒の害毒に関する
セミナーを聴きに
いくところであります」

「こんな真夜中、いったい
誰が講義するというの？」

「女房に決まって
いるじゃないですか」

㉒鍵穴

夜遅く
一人の酔っぱらいが
自宅の前にいます

鍵を開けようとしていますが
鍵穴にうまく鍵をさせず
奮闘しています

通りかかった警察官が
「鍵穴を見つけて
差し上げましょうか？」

「いいんだよ、きみ
ただ、家が動かないように
押さえておいてくれないか」

㉓倍増法

居酒屋での会話です

客「オヤジのところでは
一升瓶は月に何本くらい出るんだね」

オヤジ「へえ50本くらいでしょうか」

客「それを100本にする
方法を教えようか」

オヤジ「ぜひ教えてください！」

客「酒を一合分、
お銚子にちゃんと入れるこったな」

㉔TORIAEZU

日本の居酒屋でよく
見られる風景があります

多くのお客は席に着くなり
オヤジに向かってこう言います
「とりあえずビール！」

日本に旅行したことのある
ドイツ人のアドルフは
ある日大変な誤解に気が付きました

TORIAEZUは
日本人に最も人気のある
ビールのブランドだと
思い込んでいたのです

談笑力コラム②　アレンジする

リオオリンピックの陸上競技の場面。
女子アスリート達が緊張の面差しでスタートラインに立っている。
カメラが彼女たちの顔をクローズアップする。
硬く怖い顔だ。しかしアナウンスが一人ひとりを紹介し始めると
とたんにニコッとする。白い歯がこぼれたりする。
ああこんなに可愛い人だったんだ！　中にはテレビカメラに
向かって投げキッスのしぐさをする選手もいる。

さてジョークは相手からこのような一瞬の笑顔をもらうことができる。
緊張感が一瞬のうちに「ほどける」といった感じ。
このジョーク集はこれ以上ないというほどシンプルな形まで削っている。
だから読者なりにどんどん脚色して使ってほしい。
シンプルゆえにいろいろとアレンジして使ってもらえるだろう。
たとえばこんな風に

書店の客「男が女を支配する、という本を探しているのですが…」
店員「ああ、それでしたら幻想コーナーにあります」

右のジョークでは書店での一風景だが、あなたが人との会話で映画の話題がでたら左のように変えてみることもできる。

ＴＳＵＴＡＹＡの客「男が女を支配する、というＤＶＤを探しているのですが…」
店員「それは戦前の作品コーナーにしかありません」

アレンジの妙もまたジョークの楽しみなのである。

第三幕　老いてなお

㉕長生き

患者「先生、私は長生きしたいのです」
医者「あなた煙草は吸いますか？」
患者「いいえ吸いません」
医者「お酒を飲みますか」
患者「一滴も飲みません」
医者「女性は好きですか」
患者「見るのもイヤです」
医者「あなたねえ、
長生きする必要はありませんなあ」

㉖ボケの三段階

第一段階
人の名前を忘れる
第二段階
ジッパーを上げるのを忘れる
第三段階
ジッパーを下げるのを忘れる

㉗骨董屋

40を過ぎた
女性が婚活をしている
「私が年をとればとるほど
私の価値を
わかってくれる人がいいわ」
「へえー
たとえばどんな人？」
「骨董屋さんよ」

㉘豊島園

なんだ
このプールは？
じいさん
ばあさんばかりが泳いでるぞ
しかたねえだろ
豊島園《としまえん》なんだから

■㉙補聴器

耳の遠かった老人が
補聴器を使い始めた
「どうです補聴器の使い心地は？」
「若いときのようによく聞こえます」
「お子さんたちもお喜びでしょうね」
「じつは内緒にしているのです
私に聞かれてるとも知らず、
勝手なことばかりほざいています
…もうなんど
遺書を書き直したことか！」

■㉚帽子

店員
「とてもお似合いの帽子です
十歳は若く見えます」
客
「ならやめとくわ
帽子を脱ぐたびに
十歳も年取るなんて」

談笑力コラム③

用件だけではもったいない

用があるから人に会う…当たり前のことである。

それはたとえば、あることを連絡することであったり、なにかをお願いすることであったりする。

だが談笑力をつけるには用件だけですましてしまうのはつまらない。

用件を超えた人間的な触れ合いの中に談笑は生まれるのだから。


印刷会社のHさんとの付き合いはもう20年近くになるだろうか。

以前私の事務所が、東京の上野にあったときが初対面だ。

私は経営コンサルタントなので研修会のテキストの印刷をお願いしていた。

当時オフィスで打ち合わせをするたびに、世間話もよくしたもの。

その後私は彼の結婚式にも呼ばれ、その際スピーチまでお願いされる仲にもなったのだ。数年後子どももできたHさんは、今は私の住む街に家族ともども越してきて暮らしている。

もし私が「談笑」に興味がなかったら、印刷業者との単なる仕事の関係に終わっていたことだろう。

どんな人もいろいろな人生を抱えている。
自分の知らない人生や世界観を聞けるのはエキサイティングだ。
居ながらにして方々を旅できるようなもの。
もちろん急いでいるときなど時間的な制約もあるだろう。
だが人との関係を用件だけに限ってしまうのは、
すごくもったいないこと…私はそう思っているのだ。

第四幕　やぶ医者

■㉛会っておきたい人

ある人が
医者の診断を受けた
結果は予想外だった

「お気の毒ですが
あなたの余命は3か月です
今のうちに会って
おきたい方はいますか？」

「一人だけいます」

「どなたですか？」

「別の医者です」

■㉜手術

「先生、成功の
可能性はどうでしょうか？」

「私はこの手術が
今日で57回目なのです」

「それで安心しました」

「ありがとう！
こんどこそ成功させたいと
願っています」

■㉝手遅れ

ある人が二階から落ちて
骨折した

病院に連れて行ったら
先生に手遅れと言われた

「でも先生、二階から落ちて
すぐこちらに来たのですよ
いつ連れて来れば
手遅れではないのですか？」

「落ちる前に連れてきなさい」

■㉞脱走

医者「どうなされました？」

患者「いつも誰かに付け狙われて
いるような気がするんです」

医者「いつからですか？」

患者「刑務所を脱走してからです」

㉟どっちの医者になる?

「お父さん、
僕は歯科医になろうか
眼科医になろうか
今迷っているんです」

「何を迷うことがある
歯科医になりなさい
人間には目玉は二つしかないが
歯は三十二本ある」

㊱歯医者

患者
「なに? 歯一本抜くのに
たった5秒で5万とは
ふんだくりやがって!」

医者
「それでは一時間かけて
ゆっくり抜きましょうか」

■㊲精神科にて

患者「先生、実は私は犬なのです」

医者「そんなばかな
いったいいつ頃から
そのように思うようになったの？」

患者「私が子犬の頃からです」

■㊳医者の恋

友人どうしの
二人の医者が会話をしている

「なあ、キミは
患者に恋したことがあるかい」

「ああ、医者だって恋はする
相手がたまたま患者だったというわけさ」

「ありがとう！
立場上許されない恋だと
悩んだけれど吹っ切れたよ」

「だけど、おまえ獣医だろ」

■㊴執刀医

ある男が手術直前だった
恐怖に震えていた

夫「看護師が言ってたよ
簡単な手術だから心配しないでね、
落ち着いてください、
きっとうまくいくから、って」

妻「きっとあなたを安心させようと
したんでしょ
なにをそう怖がっているの？」

夫「看護師は執刀医に向かって
そう言っていたんだ」

■㊵ボクサー

看護師
「院長、大変です
手術室で患者が暴れています」

院長
「今日の患者はたしか
ボクサーだったね」

看護師
「はい、麻酔を始めて
九まで数えたら
いきなり立ち上がって
主治医の先生をなぐり倒したんです」

談笑力コラム④　言ってはいけないジョークがある

たとえば海外ネタだがこんなものがある。

ある夫婦がペットの犬を連れて水族館に行きました
ところがサメの大水槽にあやまって
犬を落としてしまったのです
夫婦はパニック状態
駆けつけた係員が少し怒った顔で言いました
「お客さん！勝手に餌をあげないでください」

家に来客があった時にこのジョークを披露した。
ところが相手は笑わない。なんだか白けた感じ。
それもそのはず、その人は大の犬好きだったのだ。
私は大いに反省した。ジョークは相手を楽しくさせるものなのに、
その反対に不快にさせてしまったとしたら本末転倒だ。

ジョークのネタには、かなりどきついブラックジョークや下ネタもある。

江戸小噺にも、これはちょっとなあ、というもの多い。

告白すると、男ばかりの数人の飲み会ではそういったネタも開陳する。

そして受けたりもする。しかしである。同じネタをどこででも、というわけにはいかない。

一瞬にして不信と軽蔑の視線を浴びる恐れもある。

お互い気を付けよう。

第五幕　すえ恐ろしき

㊶カレンダー

お店で小学生が
カレンダーを探していた

「僕、どんなカレンダーが
いいの？」

「うん、
なるべく休みの多いやつ」

㊷お母さん、いる？

5歳のこどもが
おうちで一人で
留守番をしていました

そこで
お母さんの友達から
電話がかかってきました

「もしもし
お母さん、いる？」

こどもはすかさず応えました

「いらない」

㊸ケーキ

母親「ケーキどれにするか
決まった？」
子供「うーんと、これとこれ」
母親「二つはダメよ」
子供「じゃあ、これとこれとこれ」

㊹ゴリラ

ねえあなた喜んで！
息子がはじめて
口をきいたのよ
「パパ」って言ったの
それはすごい！
どこでだね？
動物園で
ゴリラの檻の前で

■㊺エロ本

中学生が
エロ本を読んでいた
先生に見つかった
「立ってなさい！」
「先生、もう立ってます」

■㊻通信簿

母「あなたの通信簿は
駆けっこしているみたい」
子「どうして？」
母「だって1と2
ばかりじゃないの
イッチニ、イッチニ、って」

㊼サンタへの手紙

ある日
男の子がサンタへ手紙を書きました
「僕は一人っ子です
クリスマスのプレゼントに
妹が欲しいのです」

すぐに返事が来ました

「オッケー、わかったよ
キミのお母さんをサンタのところへ
送ってくれるかい？
一晩だけでいいから」

㊽おじいちゃんの誕生祝い

おじいちゃんが
80歳の誕生日を迎えました
孫が言いました
「おじいちゃんの誕生日に
いい話とわるい話があるんだけどなあ」
「いい方が先だ」
「お祝いにストリップダンサーを
3人、家に呼んだよ」
「そいつはすごい
で、わるい方の話は？」
「全員おじいちゃんと
同じ年なんだ」

㊾魚の成長

学校の生物の時間です

先生「自然界で最も成長の速いものはなんですか?」

生徒「魚です」

先生「なぜなの?」

生徒「お父さんが鯛を釣りました
お父さんはいつも自慢します
そのたびに鯛は10センチくらいずつ大きくなるのです」

㊿乳製品

小学校の社会科の授業です

先生
「乳製品を三つあげてください」

生徒
「はい先生、チーズ、
アイスクリーム、ヨーグルト」

先生
「それだけですか?」

生徒
「あと、ママのおっぱいです」

■51二つのいいこと

ママが尋ねた
「坊やは昨日、いいことを
二つもしたんだって？」
「うん、おばあちゃんの
ところへ遊びに行ったら
とても喜んでくれたんだよ」
「もう一つのいいことは？」
「明日には帰るよって
いったら、おばあちゃんは
もっと喜んでくれたの」

■52飛び込み台

学校の先生から
電話がありました
「お子さんには今後
プールで泳ぐのを禁止します」
母親「なぜ禁止なんです？」
「プールでおしっこしたんです」
母親「だれだって
少しくらいはしてるでしょ」
「お子さんは
飛び込み台の上からしたのです」

㊾鎮静剤

ヒロシが薬屋で
「お父さんの飲む鎮静剤をください」

「どこか悪いの？」

「いいえ
ただ明日はボクが
成績表をもらって帰る日なんで」

㊿チョコと女の子

チョコレートを買いに来た
可愛い女の子

「チョコレートの
お人形ちょうだい」

「男の子のお人形がいい？
それとも女の子？」

「男の子のほうがいいわ
ちょっとだけ余計に
チョコがついているから」

■㊺床屋

床屋で中学生が
少し長めの髪にしてください、
と頼みました

店員が
耳はどうしますか？
と聞きました

中学生は
少し考えながら言いました
「切らないでください」

■56お祈り

とてもとても
手に負えない
騒々しい男の子が
夜のお祈りをしました

祖母が聞きました
「もっと
いい子になれるように
神様にお願いしたの？」

「ううん、
ママがもっと
辛抱強くなるようにお願いしたの」

■57 悪癖

小学校の先生
「あなたの息子さんは
暇さえあれば女の子と一緒にいるのです
私はこの困った癖を
何とかやめさせようと努めています」

母親
「先生、ぜひお願いします
そうしてその方法を私にも
教えてください
私はもう長い間、その子の父親の
同じ癖をどうにかして直そうと
苦労してまいりました」

■58 心配しなくていいよ

小学生の息子が
部屋に飛び込んできました
そして息を切らしながら
母親に言いました

「ママ、ママが大事にしている
あの花瓶あったでしょ
あれ僕が割るんじゃないかって
いつも心配してたよね」

「それがどうしたの？」

「もう心配しなくていいよ」

談笑力コラム⑤ 言葉の貯蔵庫をつくる

談笑力のために、ちょっと気になった言葉や好きな言葉、あるいは自分で思いついた言葉などを貯めておくことを勧めたい。

私の場合は朝いちばんコンピュータに向かう時に、昨日の出来事を思い出して印象に残った事々を言葉にして残すようにしている。

それは日記とはちょっと違う。日記よりももっとシンプルな言葉の羅列とでもいってよいようなもの。

それはたとえば、人から聞いた言葉であったり、テレビなどマスメディアから拾った言葉であったりする。

人に見せるものではないから自分に分かれば良い。

たとえばこんな風。○月×日、体の手入れ、バランス、W氏は超人だ…。

このように自分の思いを言葉にしておくと人と談笑する時に言葉が出やすくなるものだ。

完成した文章にしようとすると時間がかかってしまう。

いろいろ試した末結局こういう形に落ち着いた。

私は毎週水曜日にメールマガジンを発行している。
すでに10年以上続けている。「よくネタが続くね」と言われるが、
秘密はこの「言葉の貯蔵庫」である。
水曜日の朝になって、さて今回はどういうテーマにしようかな、
というとき、一週間の言葉の貯蔵庫の「在庫」をのぞいてみる。
よしこれを使おうという言葉を取り出して、あとは文章でまとめていく。
人との談笑も同じではないだろうか。談笑は言葉で交わされるのだから
ふだんから自分の言葉を使いやすくしておく…言葉の貯蔵庫は
そのようなときに威力を発揮する。

第六幕　時は流れて

■59倦怠期

あれから40年、
どうしたら倦怠期を
超えることができるのだろう

夫「そうだ！
お互いに出逢ったときに
戻って考えてみようよ」

妻の意見は違っていた

妻「私は出逢う前に戻りたいわ」

■60男が泣いていた

バーで男が泣いていた

「お客さん、いったいどうしたんです？」

「妻とケンカして
一年前から別居したままなんだ」

「それはそれは
悲しいのですね、わかります」

「悲しすぎるよ
今日帰って来るんだぞ
ウウウウ」

■⑥①二人の世界

結婚30年の夫婦が
語り合っています

「ねえ、あなた
あなたはずーっと昔
二人の世界がすべて、って
言ってたわよね
今でも同じ気持ち？」

「ああ、でも…
あれから僕もずいぶん
地理を勉強したからね」

■⑥②3つのレモン

3度結婚し
3度とも離婚した男に聞きました

「どの結婚がいちばん幸せだった？」

「むずかしい質問だな
ここにレモンが3つあったとしようか
それぞれかじってみるとして
どれがいちばん甘かったか
なんて言えるか？」

■⑥③百歳

驚くほど元気なオジイサンがいた

一日にタバコは二箱吸う
ウィスキーのボトルだって
三日で空ける

聞くと何と100歳だという

「オジイサン、主治医の先生は何も
言わないのですか?」

「先生は20年前に死んじまったよ」

■⑥④ろうかは…

小学校のころ
学校でいつも
走り回っていた

先生に
「廊下は静かに」と
しょっちゅう注意された

あれから50年、
「老化は静かに」
やってきている

■65成人の日

キミも
今日から立派な
成人だ

なにか
決意したことを
言いなさい

「はい！
今日から酒とたばこと
オンナをやめます」

■66女風呂

5歳の男の子が
ママに聞いている

「ねえママ、僕はいくつから
女風呂に入ってはいけないの？」

「女風呂に入りたいなあ、
と思った時からよ」

⑥⑦夜遊び

高校の娘が
夜な夜な遊び回っている

心配した父親が娘に聞いた
「お前、男でもできたのか？」

「そんなの
産んでみなきゃ
わかんないでしょ！」

⑥⑧若いころ

40を過ぎて
未婚の姉が妹に話しています

姉
「私、若いころを思い出すだけで
腹が立つわ」

妹
「何かあったからなの？」

姉
「何もなかったからなの」

談笑力コラム⑥

受けないときの心構え

あるお笑いタレントが言うには
「ジョークはすべてを失う覚悟で言え」。
受けを狙ったジョークで受けなかったときは、ほんとうにいたたまれない。
いたたまれない、とは辞書によると、もうそこに
じっとしていられない、ということ。まさにそんな感じ。
そんなときは「全然受けなかったですね」と正直に表明してしまおう。
私も講演会などで会場が一瞬おや？としてシラけたとき、
「すみません、受けませんでした」とあやまる。
案外その方がドッと会場が湧いたりする。

ジョークにもやはり練習が必要だ。私はといえば朝食のとき、
妻を練習相手にする。彼女がハハハ！と笑えばそれで良し。
「もう一つね」であれば、どうして笑えなかったのかを考えてみる。
口に出して言っているうちに、それがなぜ受けなかったのかも判明する。

いずれにせよジョークが受けないのを恐れないことだ。
大丈夫、練習しているうちにだんだんスムーズに笑ってもらえるようになるから。
私はジョーク好きな人にはメールでも送っている。送った後、即反省したりする。
あいけね、あれはこう表現するんだったなあ…とか。
毎日こんな様子である。

第七幕　悩ましきは

⑲乗馬ダイエット

ウチの女房のやつ
ようやく太り過ぎに
気が付いたみたいで
今、乗馬ダイエットを
やっているんだ

それでどうなった？

驚いたよ
一か月で30キロも
痩せたんだ

馬がね

⑳にんにくダイエット

にんにくダイエットが
はやっているらしい

肥満体のB子さんは
そのため
大量のにんにくを食べました

どう、効果は？

体重は減らなかったのよ
お友だちは減ったけど

⑺体重計

おいおい
体重計の上で
お腹引っ込めても
全然意味ないよ
そうじゃないの
こうしないと
目盛が見えないのよ

⑻金持ちの親父

ある大金持ちがホテルへ行き、
一番安い部屋を予約した
支配人
「息子さんはいつも
最高級のお部屋にお泊りになりますよ」
金持ち
「ああ、彼には金持ちの親父がいるが
俺にはいないんだ」

⑦③ブラック企業

「ようやく
入社できたんだけど
俺の会社ブラックなんだよ」
「そんなの
色があるだけいいじゃねえか」
「なんでだよ」
「俺は今だにムショクなんだよ」

⑦④進路

受験生が
天気予報を見ながら
なにかつぶやいている
「台風はいいなあ
進路が決まっていて」

■75ケンカの原因

お巡りさん、助けてください
あそこで僕のお父さんが
男とケンカしているんです

よし分かった
それでどっちが
キミのお父さんだい？

よくわかりません
実はそれが
ケンカの原因なのです

■76夜道

母「夜道には
十分気を付けてね」

娘「可愛いコしか
狙われないから私は大丈夫よ」

母「何言ってんの
夜道では可愛いかブスか
わかんないでしょ」

⑰住宅難

なめくじを
しげしげと眺めながら
かたつむりがつぶやいた

住宅難も
ここまできたか

⑱イカ

うちの母は
頭が痛くなると
氷でおでこを冷やします

先日のことです

夜中に痛みがひどくなり
寝ぼけ眼で冷蔵庫から
取出して眠りました

翌朝目が覚めると…

母の枕もとには
解凍されたイカが
転がっていました

⑲運転免許

お宅のお嬢さん、ようやく
運転免許とったんだってねえ
それは良かった！

彼女は運動神経がゼロだから
免許は無理かもしれないって
言ってたけれど…

それで運転を覚えるのに
どれくらいかかったの？

え？　二台半も！

⑳おなら

「失礼
おならが出てしまった」

「いやそれも健康の証拠だよ」

「この頃やたらに
おならが出るんだが
まるで臭いのないやつばかりなんだ
どこか悪いのかなあ」

「おまえなあ
悪いのは鼻じゃないのか」

㉛5回目

おまえまた
会社を辞めたんだって
この一年でもう5回目じゃないか
いったいどうしたの

うん、俺の方は会社に
不満はないんだ
でも会社の方は俺に
不満があったみたいなんだよ

㊷キス一回

奥さんどうしの会話です
「まあ、なんて素敵な
毛皮なんでしょう！
高かったでしょう、いくらしたの？」
「キス一回よ」
「まあ、ご主人と？」
「ううん、主人が
女中にしているところを見たの」

談笑力コラム⑦ 相手を押さえつけない

いろいろな人がいるもので、中には相手を押さえつけてでも自分の思いを語ろうとする人もいる。

本人にとっては気持ちがいいだろうが、聞いている側はたまらない。

おしゃべり屋にとっては談笑するという観念がない。

相手が何を感じ何を言おうとしているのかに無関心なのだ。

きっかけを見つけて相手が何かを語ろうとしていても、無残にもその芽を摘み取ってしまう。


私の知人のD氏も押さえつけ型のおしゃべり屋だ。

ある日少しいらつきながらも、じーっとD氏の話を聞きつつ、さてどうしてやろう、と考えていた。そしてある対処法に気が付いたのである。

しゃべり続ける人に対しては、遠慮する必要はないということだ。

平気で中断したり、他の話題に切り替えてしまってよい。

D氏のようなおしゃべり屋は、そうされて傷つくほどヤワではない。

私はむしろ、こちらが言いたいことを我慢していることの方が相手に対して失礼ではないか、と思うようにした。

「ところであの件のことだけど…」とか「ちょっと待って、私はこう思っているんだけれど」というようにぶつりと流れを切断する。

もしフラストレーションを解消しないままD氏と別れてしまうと私はきっとD氏をキライになるだろう。D氏をなにかと避けるようになるに違いない。

相手を押さえつけない。

自分も押さえつけられない。

楽しくなければ談笑ではないのだから。

第八幕　なりわい

■83ペン一本

オレはペン一本
で暮らしているんだ

カッコいいねえ
あこがれの生活だよ
ところでどんなものを
書いているんだい？

実家に
「金送れ」って
書いてるんだよ

■84求職者

求職者が
自己紹介をしている

「私は円満な結婚をしております」
そして少し誇らしげに…
「子どもが8人おります」

社長がしばらくたってから尋ねた

「ほかにできることは
ないのかね」

⑧⑤スター

女優が精神科医を訪れた
劣等感に打ちひしがれていた

「私は歌もダンスもダメ
演技もダメなんです
女優の世界には向いていないんです」

先生
「それならどうして
辞めないんですか？」

「そんなことはできません
私はスターなんですから」

⑧⑥画家

画家が
警察に被害届を出した

「昨晩ドロボウがわたしの部屋へ
侵入してめぼしいものは
みんな持ち去りました」

「すべてですか？」

「そうです
ただ私の絵は
みんな無事でした」

■87ラーメン屋

ラーメン屋のオヤジが
客に講釈を垂れています

「お客さん、ラーメンは
やっぱりスープなんです
決め手は三つあるんですぜ
一に、とりがら
二に、ぶたがら」

客「三つめはなんだい？」

「オヤジのひとがら」

■88銀行強盗（その1）

強盗団が
銀行に押し入った

隠れ家にもどり
札束の山を前にして
ニヤリとしながら…

強盗犯A「上手くいったな
でもいったいいくらなんだ？
これだけあると
数えるのが面倒だな」

強盗犯B「テレビをつけてみろよ
総額を教えてくれるぜ」

⑧⑨銀行強盗（その２）

強盗が二人、
銀行に押し入った

一人は銀行員に
ピストルを突き付けながら
現金を集めさせていた

一人は見張りに
立っていたが
血相を変えて駆け込んできた

「大変だ！
逃亡用の車が
盗まれちまった」

⑨⓪スイカ泥棒撃退法

農家の男が
スイカ泥棒に手を焼いていました

そこで大学の植物学の先生から
スイカの学名を
教えてもらいました

さっそく、次のような看板を
目立つところに置いたところ
被害はゼロになりました

「注意！
この畑に蛇は生息していないが
シトルラス・ラナタスが
数多く潜んでいる」

■ ⑨①タクシー

客を乗せた
一台のタクシーが止まりました

客「いくらだね」

運転手「1、200円です」

客「あいにく
1、000円しか持ってないんだ
少し戻ってくれる?」

■ ⑨②考古学者

女性の考古学者どうしが
お茶を飲みながら
会話をしています

「この仕事って
魅力あるわよねえ」

「ほんとうに」

「なんといっても
自分がまだまだ若いって気に
なることよ」

⑨③お坊さん

一休さんを尊敬している
外国人が坊さんのもとへ
弟子入りしました

和尚「おまえには一休の次に
偉い坊さんになってもらおう
二休という名前は、どうじゃな？」

外国人が喜んで応えました

「サンキュー！」

⑨④産婦人科医

産婦人科医
「奥さん、喜んでください
よい知らせです」

「あら、私は
奥さんなんかじゃないわ
まだ結婚してません」

「そうですか…
それなら悪い知らせです」

⑨⑤政治家

政治家
「なぜ君たちは
私のことをビキニなどと
呼ぶのかね」

新聞記者
「あなたは演説に
隠し立てはないと
言っていますが
肝心なところは
いつも隠しているからですよ」

⑨⑥落語家

東北の田舎の学校で
落語家が招かれました

講堂に生徒が
たくさん集まりました

校長先生が
生徒に挨拶しています

（東北弁で）
「いいがおまえたち
東京がらわざわざ、
エレエ落語の先生が
やってぎだんだがら
まずめに聞くんだぞ
けっすて笑わぬように」

談笑力コラム⑧　「過多」にならない

ジョークばかりを連発されても相手は疲れるものである。

ジョークはあくまでも談笑の脇役だ。脇役は前に出過ぎてはならない。

あるとき初めて会ったCさんに閉口したことがある。

Cさんには悪気はないのだろうが、さして面白くもないオヤジギャグの連発なのだ。はじめはこちらも愛想笑いでごまかすが、そのうち無理して笑顔を作るのも億劫になって、自分でも顔が引きつってくるのが分かる。


現代は過多の時代だ。生きる選択肢も過多、情報も過多、飲食も過多で深刻に悩んでいる人も多い。談笑でも過多にしゃべるのは寡黙な人よりも嫌われる。

このジョーク集をまとめる際にも、原作がせっかくいいネタにもかかわらず文章過多で作品を台無しにしているものがとても目立った。

そういうものはどんどん削って新しい作品に仕上げた。


そういえばダイエット器具をたくさん集めている人がいる。

器具ばかりを過多に揃えているのである。
でも肝心のダイエットは進んでないみたい。
こんな川柳があったっけ。

ダイエット　減らない体重　増える器具

第九幕　すれ違い

■⑨⑦日本語検定試験

ある中国人の受験生の
おどろきの答えです

問「あたかも…」を使って
短文を作りなさい

答「冷蔵庫に牛乳が
あたかもしれない」

■⑨⑧養生?

タン君は
アジア留学生です

お世話になっている家の
お婆ちゃんが入院したので
お見舞いに行きました

覚えたばかりの日本語
「ゆっくり養生してね」
と言うつもりでした

ところが病室で
間違って言ってしまいました
「ゆっくり往生してね」

⑨⑨お見合い

お見合いの風景
趣味は何でしょう？
と聞かれた
「お琴を少々」と
答えたかったが
緊張してとんでもないことに
オコトを少々の代わりに
オトコを少々と
後日破談になった

⑩⓪ピーマン

最近うちの母がなんと
ピーマンを口にくわえて
料理をしていた
娘「お母さん
いったいどうしたの？」
母「レシピに書いてあったんだよ
チンジャオロースには
ピーマンをくわえてくださいって」

⑩① ＦＡＸ

田舎のおふくろに
ＦＡＸを送ってくれ
と頼んだ

3日後に
大きな段ボールが届いた

中を開けると
ＦＡＸ本体が入っていた

⑩② ピカソ

美術館にて

お高くとまった女性が
知ったかぶりに絵を見ながら
得意そうに語っている…

「これルノワールでしょう、
セザンヌ、ゴッホ…」

そしてある絵の前に立って言った
「あら、これはピカソね」

近くの人がニヤリとして
「奥さん、それは鏡です」

⑩③なまけもの

ある人が
パソコンを買いに行った
店員
「このパソコンを買えば
あなたの仕事は半分になります」
客
「それではそれを二つください」

⑩④テレビ

親父
「おい、テレビばかり見ているんじゃない
外へ出ろ！ 人に会え！
最近のガキはメディアに蝕まれてるんだ」
息子
「るっせーな、オヤジ
そんなこと、どこで聞いたんだよ？」
親父
「テレビでやってたんだ！」

■⑩⑤逆走

いつもの高速道路を
車で走っていた

妻から携帯電話がかかった

「あなた気を付けて!
今、テレビで高速を逆走している
車が一台あるって言ってるわ」

「わかったよ、でもこっちは
一台どころじゃないんだ
眼の前の車全部がこっちに
向かって来てるんだ!」

■⑩⑥面会人

刑務所でのことです
看守が受刑者に聞きました

「おまえんとこは
面会人がさっぱり来んなあ
寂しくはないか

たまには会いに来たり
差し入れしたりする親類や
友達はいないのかね」

「ええ、いることはいるんです
でもみんなここに
住んでいるんです」

⑩⑦当たって…

私はその人に
当たってくだけろ！
と励ますつもりだった
が、ちょっと間違って
言ってしまった
当たってくじけろ！

⑩⑧街灯

夜遅く、街灯の下で
男が何かを探していた
警官がやってきて尋ねた
「何を探しているんだね？」
男「財布を探しているんです」
警官「どこでなくしたんだね」
男「あちらの暗がり付近です」
警官「それじゃこの街灯の下では
見つかりっこないだろう」
男「でもこちらの方が
明るいもんですから」

■⑩ことわざ

「人のふり見てわがふり直せ」

このことわざから

学んだことはなんですか？

はい次のとおりです

「人の不倫見てわが不倫直せ」

■⑪お返し

娘と結婚をしたいという

若者に父親が話しています

「多額の結婚資金は

わしが払おう

キミはお返しに

何をくれるのかな」

若者

「領収書を差しあげます」

⑪零点

大学での風景です

学生
「先生、この間の試験で
私の答案が零点というのは
どうしても納得できません」

教授
「ワシだって納得しとらんのだ
だがワシには
零点より低い点数をつける
権限は与えられておらんのだよ」

⑫お祝い

「おめでとう！
今度課長さんになったんだってね
なにかお祝いをしなくっちゃ」

「いいよ、なにもしなくて」

「どうして？」

「だって俺、
今まで部長だったんだぜ」

⑬ 消火器

夫「お前最近、
無駄遣いが多いんじゃないか」

妻「何言ってるのよ
あなたこそ馬鹿げた
お金の使い方をしてるわよ」

夫「たとえば、どんな？」

妻「あれを見て。あなたの買った
あの役立たずの消火器、
もう二年もたつのに
まだ一度も使ってないじゃないの」

⑭ サプリメント

薬局での風景です
評判のサプリをたくさん仕入れたのに
売れなくて困っています

店主
「いま評判の元気の出るサプリです
ぜひいかがですか？」

客
「これを買えば
ほんとうに効くの？」

店主
「もちろんです！
まっさきに私が元気になります」

談笑力コラム⑨　一緒に歩く

談笑は相手と一緒に歩くのに似ている。

あなたが相手と肩を並べて歩いている姿をちょっとイメージしてみよう。

心地よく一緒に歩くには、相手との距離、歩くスピード、リズムを合わせなければならない。

談笑にも同じことが言えるのではないだろうか。

私たちは「あの人と久しぶりあいたいなあ」というとき、「あの人と一緒に歩きたいなあ」と願っているのかもしれない。


私の仕事の一つに講演会がある。

一人が複数の人々に語りかける講演会は一方通行だと思われるかもしれない。

それは確かに、形としては一人歩きに違いない。ところが成功したと実感する講演会は、話し手である私とそれを聞く人々が一緒に歩いているなあ、という感覚が生まれたときなのだ。

話している内容への共感、「ああ確かにそうだね！」と会場の方々でうなづいているのが見える。

それはもう講演者一人だけのものではない。

なにか大きなパワーに引っ張られて、みんなである高みへむかって
一緒に力強く歩き始めている…そんな感覚なのだ。

会話はキャッチボールなのだといわれる。
そのために相手の言うことをよく聴けともいう。
相手が捕れるボールを投げよともいう。
私は言う、談笑とは一緒に歩くことだ、と。
要するに同じことだ。

第十幕　もろもろ

■⑮昔の写真

昔の人物写真は
みな表情がかたい
スマイルがないよね

なぜだと思う?

それはね…
昔はチーズがなかったから

■⑯石焼き芋

「い〜し
や〜き〜いも〜」

石焼き芋の売り声は
日本全国どこも変わらない

ある音楽の専門家の調べで
わかったことがある

い〜しや〜き〜いも〜
の音調は各地共通であることが
というのだ

すべて
へ長調であった

⑪⑦手ぬぐい

A子さんは手ぬぐいを
縫い合わせて浴衣をつくるのが
上手です

CM用に会社名の入った
手ぬぐいも多い

A子さんはでき上がった
浴衣を着て得意げです

ふとお尻のあたりの手ぬぐいを
見るとこうありました

東京ガス

⑪⑧ねずみのサイズ

子どもたちが
わいわい騒いでいる

どうもねずみを
捕まえたようだ

「大きなねずみだ」
「いやこれは小さい方だよ」

大だ小だと
と子どもたちの間で
ケンカが始まった

するとねずみが
チュウと叫んだ

■⑲番犬

うちの犬は
番犬としてとても優秀だ
不審者がいたら
必ず飼い主の私に知らせてくれる

ほう
吠えるとか
噛みつくとかするのかい？

いや
必ず俺の布団にもぐりこむ

■⑳泥棒

全速力で誰かを
追いかけている男がいた

「いったどうしたんだ？」

「泥棒を追いかけているんだ」

「そりゃあすぐ捕まっちまうだろうな
何せお前はオリンピックの
１００ｍ走にも出たくらいだから

それで泥棒はどっちに逃げたんだ？」

「いや、後からやってくる」

⑫1 時刻表

乗客が
車掌にくってかかった

「発着時間がこんなに
いい加減なら時刻表の意味が
まったくないではないか！」

「でも時刻表がなければ
発着がいい加減かどうかも
わからないですよ」

⑫2 ルーブル博物館

ある有名な
美術評論家に質問した

「もしルーブル博物館が
火事になったとします
もし3つだけ持ち出せるとしたら
あなたなら何を選びますか？」

「出口に近い
3つの作品に決まっておる！」

■ ⑫③ 木魚

ねえねえ
お寺でお坊さんが叩いている
木魚あるでしょ？
あれ何でできてるか知ってる？
豚の頭でできてるんだよ
ポーク、ポーク、ポーク

■ ⑫④ 富岡製糸場

昔は人をいとも
簡単にクビにした
富岡製糸場では
とくにそれがひどかった
なにせ
扱っているものが
カイコだっただけに…

■⑫⑤地下鉄の停電

ニューヨークで
大停電がおこった
地下鉄も止まってしまった
車内はパニックとなった

心配した車掌は
暗い車内を見回りながら言った
「この中に
生まれたばかりの赤ちゃんは
いませんか？」
闇の中から乗客の一人が応えた
「そんなに早くできるか！」

■⑫⑥二人の美人

二人の
超美人が歩いていました
それを見た
男が言いました
「いい女だねえ
それにしても似てるなあ
双子なのかな」
「いや違うよ。彼女らは
同じ整形外科医にかかっただけさ」

■127 二倍休めた

昨日の晩は
いつもより二倍休めたよ

へー
どうして？

俺がぐっすり眠っている
夢を見たんだよ

■128 好みの男性

おばさんが会話をしています
好みのタイプの
男性の話をしているようです

おばさんA
「私は福山雅治の
端正な顔が好き」

おばさんB
「あら木村拓哉の方が
かっこいいわよ」

おばさんC
「あたしは
なんといっても福沢諭吉！」
（一同深くうなづく）

⑫⑨浮き輪

「ゴムマリの中に
入っているのは？」

「空気だ」

「じゃあ浮き輪の中に
入っているのは？」

「やはり空気だろう」

「泳げない人だ」

⑬⓪最後の一本

死刑囚に
刑が執行される日がきた

刑務官が
最後に一本どうだい？と
たばこを差し出した

死刑囚が言った
「いや、たばこは
体に悪いから遠慮しておくよ」

⑬①機密漏えい罪

ドイツ、ナチス時代のこと
飲ンベイが通りを歩いていいます
酔った勢いでなにか
叫んでいます

「ヒットラーの
アホ、バカ、女たらし！」
すぐに警官がやってきて
逮捕されました

罪名はやはり
国家元首侮辱罪で？
いや国家機密漏えい罪で

⑬②ラストシーン

いよいよ
映画の撮影も
大詰めの段階に入った
監督「さあ、ここから
崖に飛び降りるんだ」

俳優「でも監督、
ケガをしたり万一のことが
あったらどうするんですか？」
監督「大丈夫。これが映画の
ラストシーンなんだから」

談笑力コラム⑩　遊び心を持つ

談笑力の真ん中には「笑」が入っている。笑いには遊び心が潜んでいる。遊び心が（ちょっと面白いことを言ってみようか）という気を起させる。私の柔道の師のW氏は、80歳にしてなお柔道の指導を続けている。東京は墨田川の河畔に住む。下町のちゃきちゃきの江戸っ子だ。「俺んちはさあ、東京スカイツリーが倒れたらその先っちょくらいのところにあんだよ」と人を笑わせる。その言い方が楽しい。昔から遊び心のある人なのだ。私も若いころから「なんだおまえ、焼きそこなったせんべいみたいな顔して…」とよく元気づけられたものだ（苦笑）。

1981年ワシントンDCで暗殺未遂事件が起こった。講演を終えて車に乗ろうとしたレーガン大統領が銃撃されたのだ。銃弾は胸深くとどまっていたので緊急手術が必要だった。レーガンは執刀医に向かってこう語った。

「あなたがたがみな、共和党員だといいんだがねえ」

執刀医もさるもの、民主党員だったがこう返事をした。

「大統領閣下、今日一日われわれは共和党員です」。

遊び心は一刻を争う事態にもゆとりを生む。

私は年に何度かは寄席で遊ぶ。落語を聞いたあとは仲間たちと蕎麦屋に駆け込み熱燗などを一献傾ける。ジョークが飛び交う。談笑に花が咲く。

おわりに

「被災地にも笑いを贈ることができないか」。
小著執筆のきっかけは、近代消防社のスタッフとの
そんな語らいからでした。
同社は全国の消防関連の拠点にネットワークを持っています。
また全国の災害にどこよりもスピーディに対応し、
時々刻々のニュースを読者に提供しています。
そこで近代消防社と相談の上、今回は２０１１年の東日本大震災、
２０１６年の熊本地震で今も不自由な暮らしを余儀なくされている方々を
対象にさせていただきました。
協賛いただいた㈱インサイト様、㈱エイチ・アイ・エス様、㈱エコス様、カザミフードサイエン
ス風見大司様、創文堂印刷㈱様、大昭電気工業㈱様、㈱山信製作所様、ＵＣＣ上島珈琲㈱様には
心より感謝申し上げます。
本書では１３２編の小噺、ジョークを紹介しています。
私のオリジナルの作品もありますが多くは様々な本を参考にしました。

これは面白い！というものを厳選しましたが、かなり手も加えました。冗長と思える部分を思い切って削ったり、オチの効果を最大限にするために、ストーリーすら変えたものもあります。コンパクトそしてストレートにジョークを味わうために必要最小限の行数、文字数にしています。
本書によって読者の人間関係がより円滑になり、談笑に花が咲き、なにより被災地に一瞬でも笑顔の花が咲けば著者にとっては最高に嬉しいことです。
本書の執筆出版にあたり近代消防社の三井栄志社長はじめスタッフの方々よりたいへん温かいご協力をいただきました。心より感謝申し上げます。

松﨑　俊道

〈**参考文献**〉

「世界のジョーク事典」、松田道弘、東京堂出版／「ユーモア大百科」、野内良三、国書刊行会／「ジョーク・ユーモア・エスプリ大辞典」、野内良三、国書刊行会／「世界のジョーク集傑作選」、早坂　隆、中央公論新社／「ブラックジョーク大全」、阿刀田高、講談社／「お笑い江戸小ばなし」、大沼きんじ、全国加除法令出版／「ジョーク選」、伊藤廉篇、個人出版／「必笑小咄のテクニック」、米原万里、集英社／「ジョークとトリック」、織田正吉、講談社／「味のある言葉」、宇野信夫、講談社／「最新アメリカジョーク事情」、杉田　敏、DHC／「大人のジョーク」、馬場　実、文藝春秋／「ユーモアのレッスン」、外山滋比古、中央公論新社／「新ジョーク世界一」、天馬龍行、アカデミー出版／「ジョーク世界一」、天馬龍行、アカデミー出版／「ポケットジョーク」、植松　黎編訳、角川書店／「とっておきのいい話」、文藝春秋編、文藝春秋
その他、インターネットの各サイトも参考にさせていただきました。

おわりのポエム

■笑い

連れ合って上野に
落語を聴きに行ったんだ
ある賭け事の好きな親父が
子どもにモノの数え方をおしえる場面
「オトッツァン、馬は一頭、二頭でいいんだよね」
「そうじゃねえ、
馬はなあ、一着、二着と数えるんだ！」

会場大爆笑

寄席を出て蕎麦屋で一杯

江戸の情緒を満喫したひとときだった

今、私たちの国の空気は重たい
でも
心まで重くはなりたくないなあ

日本の復興力と
人々の「笑い」は、
なにか関わり合ってんじゃないかなあ

（天災の続発するに私たちの国に想う）